숲속의 아침

박필상 동시조집

머리글

맑고 순수한 세상을 꿈꾸며

내가 문단에 발을 들여 놓을 수 있었던 것이 1982년 제10회 창주문학상 동시 부문에 당선되면서부터이니 어언 30여년의 세월이 흘렀습니다. 사람들은 10년이면 강산도 변한다고들 하는데 그렇게 보면 강산이 세 번이나 바뀌었을 긴 세월입니다. 그동안 시조집은 6권을 내었지만 동시조집은 이번이 처음이라 가슴이 설렙니다.

저는 6·25 전쟁 중에 태어나 모든 것이 어렵고 가난했던 어린 시절을 시골에서 보냈지만, 돌이켜보면 어느 것 하나 모자람 없이 풍요로운 지금보다는 비록 물질적으로는 부족한 것이 많았지만, 마음만은 어른이나 아이들 모두 참 따뜻하고 인정이 넘쳤던 것 같습니다. 그래서 이 동시조집의 주제나 소재 중에는 그때의 추억이나 상상들이 많이 들어 있습니다.

도시에서 태어나 줄곧 콘크리트 벽에 갇혀 날마다
경쟁하듯 꽉 짜인 일과 속에 어깨 축 늘인 채 이 학
원에서 저 학원으로 전전하며 컴퓨터나 스마트폰 게
임에 빠져 있는 요즈음 어린이들에게는 다소 낯설게
느껴질 수 있겠지만, 그때의 아이들이 흙냄새를 맡으
며 여름이면 시냇물에서 송사리도 따라다니고 겨울이
면 눈 덮인 산에서 토끼몰이도 하고 푸른 들판을 달
리며 티 없이 투명한 동심의 나래를 마음껏 펼쳤던
것처럼, 여러분들이 맑고 순수한 세상을 꿈꾸는데 이
동시조집이 조금이나마 도움이 되었으면 좋겠습니다.

2015년 6월 10일

지은이 박　필　상

차 례

제2부 봄비

제3부 개똥벌레

제4부 창문을 열면

제1부

숲 속의 아침

숲속의 아침

아기별 조을다 간
숲속의 이른 아침
안개의 요정들이
너울너울 춤을 추고
샘가엔
아기 다람쥐
꿈 자랑이 한 마당.

산새들 노래하는
숲속의 푸른 아침
떡갈나무 잎새마다
햇살 까르르...
후닥닥
깨어난 바람
억새밭에 굴러요.

숲속 길 걸어가면

숲속 길 걸어가면
어느새 나는 나무

산새들 노래하고
다람쥐 뛰어노는

언제나
넉넉한 모습
푸른 산이 되고 싶다.

숲속의 밤

밤마다 꼬마별들
숨바꼭질하는 숲속

아무리 꾀를 부려
꼬옥꼭 숨었어도

달님은
다 알고 있죠.
어디어디 숨었는지

풀꽃

난 아직 그것들의
이름조차 몰라요
누가 부르거나
찾아주지 않아도
날마다
등불을 들고
기다림에 젖는 꽃

순하고 여린 생명
저 홀로 피어나서
못 본 채 지나쳐도
한들한들 손 흔들고
어쩌다
눈길을 주면
작은 별이 되지요

※ 지은이 본인의 시조를 동시조로 고쳤음

초롱꽃

수줍고 부끄러워
괜스레 볼 붉히고
설레어 부푼 가슴
콩닥콩닥 두근두근
왕자님
오실 것 같아
등불 켜는 저 소녀.

달님께 들킬까봐
별님이 놀릴까봐
긴긴 밤 홀로 새워
이슬로 목축이고
그리움
종소리 울려
바람결에 띄웁니다.

※ 지은이 본인의 시조를 동시조로 고쳤음

백목련

아무 일 없을 듯이
비었던 가지마다

햇살보다 더 눈부신
꽃등을 달았어요.

화려한
봄맞이 축제
시작하는 나팔 소리

바다

바다는 엄마처럼
가슴이 넓습니다.
온갖 물고기와
조개들을 품에 안고
파도가
칭얼거려도
다독다독 달랩니다.

바다는 아빠처럼
못하는 게 없습니다.
시뻘건 아침 해를
번쩍 들어 올리시고
배들도
갈매기 떼도
둥실둥실 띄웁니다.

아침 바다

해님이 바다 위에
금가루를 뿌렸어요

날아오른 갈매기도
황금 새로 변했어요

저것 봐
뱃고동 소리
반짝반짝 빛이나요

저녁 바닷가에는

해종일 파도와 놀다
싫증난 바람들이
갈대밭 찾아와서
술래잡기 하잡니다.
갈대는
자존심 상해
손사래를 칩니다.

하얀 새 옷 차려입고
으스대던 뭉게구름
노을에 붉게 물든
제 모습 부끄러워
저 건너
바닷가에서
몰래 씻고 있습니다.

섬

외로워도 울지 않아
물새들과 친구하지

심심해도 난 괜찮아
파도와 놀면 되지

저 멀리
뱃고동 소리
혼자 울다 가라지.

등대

기다리지 않을래요.
또 실망하기 싫어

가는 배 오는 배들
저만치서 바라볼 뿐

그래도
캄캄한 밤엔
등불 밝혀 둘래요.

파도

가까이 다가오면
안개꽃 송이송이

저만치 물러가면
푸른 산 호랑나비

해종일
들락거리며
가슴속을 태워요.

※ 지은이 본인의 시조를 동시조로 고쳤음

을숙도

낙동강 푸른 물이
긴 여행 끝내는 곳
철새들의 겨울 왕국
을숙도 갈대숲에
먼 나라
가까운 나라
손님들이 왔어요.

해마다 때가 되면
어김없이 찾아주는
가창오리 청둥오리
큰 고니 기러기 떼...
모두 다
한데 어울려
잔치마당 열었어요.

겨울나무

나무도 우리처럼
겨울이 춥대요.
바람 불면 가지들은
손이 시려 잉잉 울고
꽁꽁 언
땅속의 뿌리
발을 동동거리죠

그러나 나무들은
소중한 꿈이 있죠.
눈이 펑펑 쏟아져도
꿋꿋이 견디면서
새봄에
예쁘게 피울
꽃눈 잎눈 키워요

제2부

봄비

봄비

봄비는 요술쟁이
세상에서 제일 착한
앙상한 나무들도
메마른 저 들판도
어느새
초록빛으로
슬쩍 바꿔 놓아요.

봄비는 요술쟁이
세상에서 제일가는
땅속의 개구리도
벌레들도 불러내고
시냇가
버드나무에
피리 숨겨 놓아요.

봄의 길목

겨우내 웅크리고
잠만 자던 산 그리메

실개울 맑은 물에
살며시 발 담그고,

갯버들
꽃눈 속에서
나래 소리 들려요.

봄소식

산 너머 남촌에서
시집 온 고운 해님

눈뜨기 망설이는
개나리 꽃망울 보고

저만치
봄이 온다고
귓속말을 했어요.

봄

실바람 살랑살랑
겨울 산 잠을 깨고

해님이 입김 불어
나무는 새잎 돋네.

보리야
종달새 떠서
노래하면 키가 크지.

꽃씨

캄캄한 어둠 속에
푸른 꿈을 꾼단다.

꽁꽁 언 땅 속에서
꿈을 키워 간단다.

신비한
생명의 향기
온 세상에 나누려...

아지랑이

까맣게 몰랐어요.
들판이 깨어난 줄

겨우내 꼼짝 않고
잠만 자꾸 자더니

어느새
보리밭 위에
입김 불고 있어요.

종달새

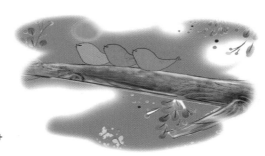

겨우내 여행 떠나
그립던 내 짝꿍

산마을
강마을
새 소식 모아 와서

해종일
신바람 나게
얘기꽃을 피워요.

바람

날개가 있을 거야
우리는 못 보지만
나무에도 안 걸리고
부딪혀도 끄떡없는
제비도
잠자리들도
부러워하는 날개.

가볍게 살랑살랑
어떤 땐 윙윙대며
큰 산도 바다 위도
제 맘대로 나는 바람
우리가
못 가는 곳도
혼자 구경 다 할 거야.

구름

흰 구름 바라보면
하늘을 나는 생각
여의봉 휘두르는
손오공도 되고 싶고
우주를
지키는 용사
수호천사도 되고 싶다.

뭉게구름 쳐다보면
솜사탕 먹는 생각
꼬챙이에 돌돌 감아
살며시 입에 대면
사르르
녹아내리는
그 맛 못 잊을 거야.

가랑비

전학 간 짝꿍
자꾸만 보고파서

살며시 집을 나와
골목길 서성이다

내 마음
들킨 것 같아
전봇대에 숨었어요.

저녁놀

해님은 종종걸음
서산마루 넘어가고

한 무리 기러기 떼
보금자리 찾는 저녁

누군가
붉은 눈물로
어머니를 부르네.

여름

더위와 씨름하는
해님은 벌거숭이

따가운 매미 소리
그도 지쳐 늘어지고

조약돌
냇가에 앉아
목이 말라 아우성.

초겨울 풍경

햇살도 등이 시려
담장에 기대앉아

알몸으로 미역 감던
지난 여름 그리다가

살며시
팔짱을 끼고
졸다 깨다 하지요.

안개

안개는
이른 아침
등산을 합니다.

세상에서 제일가는
등산가를 꿈꾸며
푸른 솔밭
큰 바위를 넘어
땀을 뻘뻘 흘리며
자꾸자꾸
오르는 안개

어느새
산 위에 서서
야-호-
야-호-
외칩니다.

제3부

개똥벌레

개똥벌레

아니야 그게 아니야
내가 무슨 개똥벌레
반짝반짝 빛을 내는
진짜 이름 반딧불이
얘들이
골려주려고
나쁜 별명 붙인 거야.

낮에는 이슬 먹고
풀숲에 고이 자고
밤이면 꽃등 켜고
아름답게 춤추는 걸
왜 하필
개똥벌레래
내 이름은 반딧불이.

까치밥

감나무 가지 끝에
매달린 작은 홍시
형제도 친구들도
모두 다 떠났지만
꿋꿋이
홀로 남아서
서리 하늘 지킵니다.

아직은 맛없으니
익으면 먹으라며
여름에 까치에게
눈물로 했던 약속
그 책임
다 할 때까지
떠날 수가 없습니다.

이름

오솔길 풀숲 속에
숨어 핀 노오란 꽃
사귀자고 손 내밀며
이름을 물었더니
부르기
참 미안하게
하필이면 애기똥풀.

공원에 줄을 지어
피어있는 자주색 꽃
가슴에 단 이름표
자랑스레 내 보이며
얼마나
멋있느냐 듯
으스대는 사르비아.

맹구

얼마나 슬플까요?
친구에게 따돌리고
사람들이 무시하며
바보라고 놀려대도
언제나
아무 말 없이
해맑게만 웃는 얼굴.

가진 것 무엇이든
슬며시 나눠주고
화내고 미워하며
탓하는 마음 없이
궂은일
혼자 다 하는
그를 누가 맹구래...

아침

간밤
달님 별님
속삭임 들었다고

초가집 봉창 너머
각시방 엿봤다고

참대 숲
푸른 이야기
수런대야
해가 뜬다.

외딴집

엄마는 나물 캐고
아빠는 밭을 갈고

두멧골
외딴집
아기 홀로 잠을 잔다.

강아지
마을을 가고
사립문도 열린 채...

달맞이꽃

얼마나 그리우면
달빛 속에 피어나서

긴긴 밤 지새우며
저리 슬피 울고 있나

찬 이슬
내리는 새벽
홀로 지는 달맞이꽃.

단풍

나무는 이맘때면
밤을 꼬빡 새웁니다.

저 거친 바람 속에
길 떠날 자식 생각

손가락
멍이 들도록
새 옷 지어 입힙니다.

낮달

어디서 보았을까?
낯익은 뒷모습

해종일 강물 속에
자맥질만 하더니

이제사
내미는 얼굴
소꿉동무
내 단짝.

낮달·2

생일에 받은 선물
보물1호 내 핸드폰

어쩌다 잃어버려
가슴 반쯤 무너진 날

무심코
하늘을 보니
하얀 달로 떴어요.

오월

오월은 잔치마당
솔향기 싱그러운
풀피리 삘리리리
흥을 돋우면
풀잎도
나뭇잎들도
어깨를 들썩들썩.

보리밭 하늘 위엔
종달새 노래 소리
앞 뒷산 뻐꾸기는
뻐꾹뻐꾹 목이 쉬고
나비들
꽃잎에 앉아
부채춤을 춥니다.

거리의 비둘기

거리의 비둘기는
무서운 게 없나봐
차가 씽씽 지나가도
옆으로 비켜 앉고
사람이
가까이 가도
날아갈 줄 몰라요.

자세히 살펴보니
발가락도 잘리었고
깃털에 때가 묻어
지저분한 모습으로
못 먹는
쓰레기들을
쪼아대고 있어요.

달동네

콘크리트 빌딩 따위
부러울 것 하나 없지
아슬아슬 걸려 있는
제비집을 닮은 집들
달밤에
올려다보면
아름다운 불빛 정원.

달님과 가깝다고
달동네라 부르지만
반짝반짝 잔별들이
춤을 추는 오늘 밤은
불 켜진
작은 창마다
웃음꽃이 필거야.

종소리

기도할 때 종소리는
눈부시게 푸릅니다.
햇살처럼 따스하게
온 세상을 비춥니다.
가슴속
가득한 어둠
새하얗게 밝힙니다.

기도 속의 종소리는
흰 눈으로 내립니다.
퍼얼펄 쏟아져서
온 세상을 덮습니다.
땅 위의
온갖 상처를
붕대처럼 감쌉니다.

제4부

창문을 열면

창문을 열면

이른 아침 창문을 열면
나는 작은 새가 된다.
골안개 산 노을이
곱게 피던 두메산골
그 고향
언덕에 올라
같이 놀던 친구 생각.

봄날 아침 창문을 열면
나는 하얀 나비가 된다.
꽃향기 풀 냄새가
손짓하던 푸른 들녘
그 고향
오솔길 따라
뛰어놀던 그때 생각.

가만히 눈감으면

아무리 바라봐도
안 보이는 고향 하늘
가만히 눈감으면
그 하늘 보입니다.
친구와
연을 날리는
나도 거기 있습니다.

쳐다보면 어지러운
까마득한 빌딩의 숲
가만히 눈감으면
고향 집 보입니다.
지붕 위
새하얀 박꽃
손짓하며 부릅니다.

성묘 가는 길

성묘 가는 가을 산은
그리움 가득한 산
솔바람 향기로운
골짜기 따라가면
새 소리
개울물 소리
할아버지 기침 소리.

성묘 가는 가을 산은
그리움 꽃 피는 산
억새들 손 흔드는
오솔길 걸어가면
어디서
나를 부르는
할머니의 목소리.

감꽃

우리 집 큰 감나무
감꽃이 피어나면
낯설고 먼 도시로
시집 간 누나 생각
노오란
감꽃 목걸이
걸어주며 웃으시던...

지금은 엄마 되어
내 생각 잊었나봐
감꽃이 떨어져도
소식조차 없으시고
나 홀로
감꽃 주우며
누나 얼굴 그립니다.

별 헤는 밤

누나와 뜰에 나와
별을 헤는 밤이면
은하수 맑은 물에
은어 떼 뛰어놀고
섬돌 밑
귀뚜리 소리
별빛 속에 어려요.

저 별은 누나 별
저 별은 나의 별
누나와 손을 잡고
별을 헤는 밤이면
별처럼
푸른 꿈 하나
가슴 속에 품어요.

그 목소리

먼 생각 아슴아슴
더듬어 가다보면
갈대밭 숲 사이로
가만가만 다가와서
살며시
어깨를 짚는
그리운 그 목소리.

이런 날 가슴속엔
안개꽃 곱게 피고
새하얀 꽃잎들이
하늘하늘 날아올라
그 소녀
동그란 얼굴
노을 속에 그려요.

※ 지은이 본인의 시조를 동시조로 고쳤음

가을 밤

달님은 제 그림자
창문에 그려 놓고
바람은 까닭 없이
뜨락을 서성여요.
새빨간
풀벌레 울음
낙엽처럼 지는 밤.

지금은 무얼 할까?
전학 간 짝꿍 생각
자꾸만 자라나는
하이얀 그리움에
별님께
소식 물어도
눈만 깜빡거려요.

※ 지은이 본인의 시조를 동시조로 고쳤음

엄마

엄마는 보물 창고
알라딘의 요술 램프

언제나 "엄마!" 하고
주문을 외우면

어느새
내 곁에 와서
아낌없이 다 주지요.

송편 빚기

추석에 가족 모두
송편을 빚었어요.

엄만 예쁜 초승달
아빠와 난 하얀 반달

동생 건
보름달 같아
웃음꽃 피었어요.

돌하르방

제주도 돌하르방
우리 할배 닮은 얼굴

다정한 목소리로
내 이름 부르시며

지금 막
팔을 벌리고
안아줄 것 같아요.

숨비소리

제주도 해녀들은
바다가 일터래요.

오늘도 힘찬 물질
소라 잡고 전복 따고

신나게
휘파람 불듯
숨비소리 날립니다.

귀요미

아직 첫돌도 안 된
늦둥이 동생 덕에
요즈음 우리 집의
찬밥덩이 되었지만
날 보고
방글거리면
얄밉고도 귀여워요.

가끔씩 자장가 대신
귀요미송 불러주고
얼굴을 찡그리고
기저귀도 갈아주며
손잡고
뛰어놀 그날
그려보며 웃어요.

내 책가방

내 가방은 껌딱지
등짝에 달라붙은
성적이 안 나온 날
괜스레 심통 나서
화풀이
상대로 삼아
팽개치며 고롭혔지.

그래도 탓하거나
불평도 하지 않고
아무 일 없는 듯이
어깨에 매달려서
졸업할
그때까지는
끝내 따라 온데요.

보릿고개 이야기

할머님이 들려주신
보릿고개 이야기는
가난하고 배고팠던
전설처럼 슬픈 얘기
풀뿌리
나무껍질을
어찌 먹고 살았을까?

'가난도 죄'라는 말씀
나는 잘 모르지만
어쩐지 가슴 속에
찡하게 울려 퍼져
밥투정
반찬투정이
부끄러워집니다.

제5부

내 꿈은

내 꿈은

내 꿈은 무지개
빨
　　주
　　　　노
　　　　　　초
　　　　　　　　파
　　　　　　　　　　남
　　　　　　　　　　　　보
내 꿈은 해와 달
반짝이는 작은 별

날마다 맘이 바뀌는
나는 욕심쟁인가 봐.

마음

파아란 빛 일거야
따뜻한 해님의 맘

하이얀 빛 일거야
포근한 달님의 맘

내 맘은
무지개 나라
반짝이는 작은 별.

도화지

나무도 그려보고
예쁜 꽃도 그려보고

푸른 하늘 흰 구름
무지개도 그려보고

내 맘은
꿈의 도화지
무엇이든 다 그려요.

시험

내 머리 속에는
지우개가 들었나봐,

열심히 외웠는데
자꾸만 알쏭달쏭

아무리
생각을 해도
머릿속은 끝내 백지.

거울

거울을 바라보면
거울도 나를 봐요.

웃으면 따라 웃고
화내면 화를 내고

거울은
내 마음 속을
모두 알고 있나봐.

물구나무서기

물구나무서서 보면
하늘은 푸른 바다

흰 구름 돛단배들
스르르 떠나가고

밤이면
꼬마 별들이
헤엄치며 놀겠네.

비누

내 몸은 닳고 닳아
거품으로 사라져도

세상의 때와 얼룩
말끔히 씻어내고

하얀 손
깨끗한 얼굴
바라보면 즐거워요.

발자국

새하얀 눈밭 위에
앞서 간 발자국들

나를 따라 오라고
말없이 손짓해요.

아무리
호젓한 길도
두려울 것 없대요.

안경

칠판의 글씨들이
안개 속에 숨을 때나

책 속의 글자들이
아지랑이 춤을 출 때

답답해
속상한 내게
빛이 되는 씨동무.

눈물

기쁘고 슬픈 마음
눈물에 녹아있고

말없는 눈물 속의
진실도 보이지만

악어의
저 검은 눈물
먼 뜻인지 난 몰라.

어제와 내일

어제는 은빛 추억
내일은 금빛 희망

어제는 가슴 속에
고이 접어 간직하고

내일은
푸르른 나래
활짝 펴고 날아요.

그때는

여자가 공을 차면
말괄량이 취급하고

남자가 밥 지으면
못난이라 생각하고

남과 여
따로 가르며
그때는 참 그랬대.

통일

통일은 언제 오지
마음이 통할 때요

통일은 누가 하지
뜨거운 가슴이요

싸늘한
바람으로는
문을 열지 못해요

길 위의 장갑 한 짝

길 위의 장갑 한 짝
누가 잃어버렸을까?

이른 아침 마을버스 승강장
분홍색 털장갑 한 짝

상심한
어여쁜 소녀
눈물 어린 눈망울.

■ 글벗시선 68 박필상 동시조집

숲속의 아침

초판인쇄 2015년 6월 10일
초판발행 2015년 6월 10일
지 은 이 박 필 상
펴 낸 이 한 주 희
펴 낸 곳 도서출판 글벗
출판등록 2007. 10. 29(제406-2007-100호)
주   소 경기도 파주시 가온로 67,(목동동)
　　　　　해솔마을 508동 1304호
홈페이지 http://guelbut.co.kr
　　　　　http://cafe.daum.net/geulbutsarang
E-mail juhee6305@hanmail.net
전화번호 031-957-1461
팩   스 031-957-7319
가   격 10,000원

I S B N 978-89-6533-056-1 04810